Ralf Neubohn

Michael Kerawalla

Galaabend für die Gartenschau

Gartenschau-Trilogie Auswahl

Ralf Neubohn

Michael Kerawalla

Galaabend für die Gartenschau

Gartenschau-Trilogie Auswahl

Bibliografische Information der Deutschen Nationalbibliothek
Die Deutsche Nationalbibliothek verzeichnet diese Publikation
in der Deutschen Nationalbibliografie;
detaillierte bibliografische Daten sind im Internet
über www.dnb.de abrufbar.

Herstellung und Verlag: BoD – Books on Demand, Nordersted

ISBN: 978-3-7528-6753-4

Inhalt

Vorwort des Herausgebers Ralf Neubohn

16 Städte und Gemeinden unterstützen die Gartenschau an der Rems. Das ist eine sehr beachtliche Leistung. Mit dabei sind derzeit: Böbingen, Essingen, Fellbach, Kernen im Remstal, Korb, Lorch, Mögglingen, Plüderhausen, Remseck, Remshalden, Schorndorf, Schwäbisch Gmünd, Urbach, Waiblingen, Weinstadt, Winterbach.

Sie haben Vorbildliches geleitstet.

Auch die Städte Heilbronn, Ingolstadt, und Überlingen haben ein wunderbares Konzept für ihre Gartenschauen erstellt.

Um diese wunderbaren Gartenschauen indirekt zu unterstützen habe ich mein Projekt „Gartenschau Trilogie" gestartet, in der drei ganz unterschiedliche Bücher zu diesem Themenkreis erscheinen. Der Ihnen heute vorliegende Band enthält die bei den Lesern beliebtesten Texte aus den bisherigen Gartenschau-Trilogie Büchern.

Viel Spaß beim Lesen!

Ihr Ralf Neubohn

2. Vorwort:

Die Gartenschauen finden wir so gelungen und für die Bürger wichtig, dass aus der geplanten Trilogie inzwischen nun sogar 8 Bände werden. Das ist so viel Arbeit, dass man in England aus Anerkennung für diese Leistung wohl geadelt oder sonst wie geehrt würde. In Deutschland muss man sich leider mit dem Gefühl begnügen, eine gute Sache mit allen seinen Kräften unterstützt zu haben.

Um für jeden Geschmack etwas zu bieten, haben die Gartenschaubände verschiedene Formen der Umsetzung. Es gibt heitere Bände, Krimis, eher sachliche Bücher usw.

Es sind bereits erschienen bzw. erscheinen noch:

Humorvolle Bücher mit leichtem Fantasyeinschlag:

„Flammenfeder live von der Gartenschau", „Gartenschau Phantasie".

Bücher mit Kurzkrimis und / oder schwarzen Humor:

„Die Gartenschau-Morde", „Tod auf dem Kaktus", „Neues vom 1. April, dem Waiblinger Altstadtfest und der Gartenschau".

Bücher mit eher informativen und leicht humorvollen Texten:

„Herzlich Willkommen Gartenschau", „Galaabend für die Gartenschau", „Abschiedsvorstellung für die Gartenschau".

Es würde uns sehr freuen, wenn Sie an den Bänden viel Freude haben und diese aus ganzem Herzen weiterempfehlen, damit auch andere Freude daran haben können.

Vielleicht sehen wir uns ja einmal auf der Gartenschau?

Bis dann, Ihr Ralf Neubohn

Ralf Neubohn

Die beiden Gartenschauen

Zweifellos sind die Gartenschauen in Heilbronn und an der Rems ein paar der schönsten, die es je gab. Sowohl von den Anlagen her, aber auch wegen dem wunderbaren Ambiente der Umgebung. Für jeden der seine Freude an den prächtigen Pflanzen auf dem Gartenschaugelände hat, stellt sich die Frage: Wie konnte diese verzaubernde Pracht entstehen? Das Geheimnis ist einfach und schon lange wohlbekannt: Nachts durchfliegen Elfen die Anlagen. Dabei hinterlassen sie ihren magischen Glanz, der sich auf alle Pflanzen wie Lack legt und diese besonders schön strahlen lässt. Besucher mit strahlendem Lächeln sind wohl früh morgens noch einer etwas verspäteten Elfe begegnet.

Ich wünsche Ihnen viel Spaß, in diesen verzauberten Elfengärten. Egal, ob an der Rems oder in Heilbronn: Ein Besuch lohnt sich!

Gartenschauromanze

Er sah das Mädchen an der Remsküste,
sie hatte wunderbare …. Ohren.

Ihr Anblick macht ihn froh,
vor allem der schöne … Ohrring.

Vielleicht würde das Schicksal ihn strafen,
doch wollte er mit ihr …. Ohrputzen.

Später flüsterte sie benommen:
„Hoffentlich werde ich kein … Ohrsausen bekommen."

Gratulation

Für die Gartenschauen in Heilbronn und an der Rems wurde nicht nur viel Herz und Ideenreichtum in Bezug auf Blumen gelegt, sondern auch der ganze Rahmen perfekt durchdacht. Um nur einige Beispiele zu nennen: die Remsterrassen, die Kunstlichtung, die Remsinseln, die verschiedenen künstlerischen Projekte. Etwa die Lesungen, die Skulpturen, die Kuben und vieles andere mehr. Ein rundherum gelungenes Gesamtkonzept erwartete die Besucher. Gratulation an die Verantwortlichen und die ehrenamtlichen Helfer! So, müssen Gartenschauen sein!

Nachts in der Gartenschau

Nervös huschte er über das Gartenschaugelände. Immer wieder drehte er sich hastig um, aber niemand schien ihm zu folgen. Fahrig wischte er sich den Schweiß von der Stirn und lief eilig weiter. Seine Schritte hallten laut durch die menschenleeren Grünanlagen. „Warum habe ich nur darauf eingelassen?", fragte er sich immer wieder. „Ich habe doch gewusst, dass es gefährlich wird."

Ängstlich packte er die Aktentasche mit dem wertvollen Inhalt fester an sich. Ein lautes Geräusch ließ ihn zusammenfahren. Sein Herz stand für Sekunden still, so sehr hatte ihn die Kirchturmuhr erschreckt. „Ich muss mich zusammenreißen", dachte er und blickte sich um. Da! Folgte ihm nicht doch jemand? Nein, er waren nur Bäume am Gehwegrand. Der Wind bewegte sie sachte. In der finsteren Nacht sahen sie aus wie gefährliche Wegelagerer. Inzwischen hörte die Kirchturmuhr auf, vier Uhr zu schlagen.

„Nur noch ein paar Straßen weiter", schoss es ihm durch den Kopf. „Dann bin ich in Sicherheit!" Schnell rannte er die letzten Gehwege des Gartenschaugeländes weiter, hinein in die Innenstadt. Seine Schritte hallten dort laut in den Gassen, Menschenmassen schienen ihm zu folgen, doch das war nur das Echo.

Mit rasendem Herzen schloss er die Tür zu seinem Buchantiquariat auf, schlüpfte schnell hinein und warf sie fest ins Schloss. Er hatte es geschafft. Nachdem er erleichtert eine Weile an der Tür gelehnt hatte, streichelte er liebevoll die Aktentasche und ging ins Büro seines Ladens. „Ich habe doch gleich gewusst, dass ich es schaffen werde", sinniert er nicht ganz wahrheitsgemäß. Behutsam nahm der Buchantiquar den wertvollen Inhalt seiner Tasche heraus und betrachtete ihn glücklich. Verstohlen schaute er sich schnell im Büro um, doch er war nach wie vor allein. Zärtlich streichelte er über das soeben auf der Kunstlichtung beendete Manuskript von „Gartenschau Phantasie", um das ihn sicherlich viele Konkurrenten beneideten. Zuviele! „Das Buch wird ein Knüller!" rief er triumphierend in die Leere hinein und lachte noch ein wenig erleichtert vor sich hin. Seine Nerven hatten sich gerade wieder von der nächtlichen „Hetzjagd" erholt, als ihn ein plötzliches Geräusch aufspringen ließ. Unter einem Ladentisch raschelte es. „Ach, bin ich dumm", dachte er. „Das wird nur die Katze sein."

Es war sein letzter Irrtum im Leben.

Der Schrecken der Gartenschau

Immer häufiger berichteten Gartenschaubesucher, dass es auf dem wunderschönen Gartenschaugelände bei Einbruch der Dunkelheit höchst merkwürdige Geräusche gab. Gruslige Geräusche, die niemand irgendwie, irgendwas zuordnen konnte. Am ehesten entsprach dieses nervtötende „Klick-Klack" einem Skelett aus einem Gruselfilm, welches sich dort mit diesen Geräuschen bewegte.

Darum wurde der bekannte Forscher Van Surprisle beauftragt, diesem nächtlichen Spuk auf die Spur zu kommen. Van Surprisle rüstete sich gegen die Gefahren mit einem großen Kruzifix, einem Revolver mit geweihten Silberpatronen, einem Kranz aus Knoblauch und einem Holzpflock. Beim Austreiben von nächtlichen Schrecken konnte ihm niemand das Weih-Wasser reichen! Apropos Wasser: Natürlich nahm er in einer Wasserpistole auch Weihwasser mit, um damit diverse Unholde zu „erschießen". Er schleppte schwer an diesen vielen Gegenständen in der lauen Sommernacht. Durchlief immer wieder das große Gelände. Nichts! Überhaupt nichts zu sehen und hören! Oder doch? Ja, ganz leise erklang ein geheimnisvolles „Klick-Klack". Schlichen sich Skelette an ihn an? Klapperten Vampire freudig mit ihren Fangzähnen?

Er zog die beiden Pistolen. Entweder mit Weihwasser oder geweihten Silberkugeln würde er dem Spuk ein Ende bereiten. Leise bewegte er sich auf das schaurige Geräusch zu. „Klick-Klack" ertönte es beim Näherkommen immer lauter. Van Surprisles Nerven vibrierten vor Spannung! Auf welches schreckliche Geheimnis würde er stoßen? Welches unvorstellbare Grauen lauerte dort im großen Gebüsch? Würden ihn Monster anfallen und zerfleischen? Oder schoss er schneller? Die Chancen in der Dunkelheit standen unentschieden! Seine am Schutzhelm befestigte Lampe strahle in das Gebüsch und er sah… ja, leider ist es wahr… kaum zu glauben… Murmeltiere! Sie spielten dort mit Murmeln! Und wenn diese aneinander stießen, ertönte in der ruhigen Nacht überlaut „Klick-Klack"!

Zuerst lächelte unser tollkühner Forscher erleichtert. Dann überkam in ein riesengroßer, lähmender Schrecken: Wie lächerlich würde sich dieses Ereignis in seiner Biographie ausnehmen! Er sah schon die Leute ihn höhnisch auslachen! Das musste verhindert werden. Doch wie? Dieses „Klick-Klack" musste schließlich überzeugend begründet werden. Er brauche eine logische, nachvollziehbare Erklärung, die seinen Ruf nicht gefährdete. Da kam ihm die Erleuchtung! Am anderen Tag sagte er völlig glaubwürdig auf einer Pressekonferenz, dass den Bürgern keine Gefahr drohe. Im Schutze der Dunkelheit tanzten nur die Skelette von im Moor ertrunkener im Gebüsch miteinander Tango. So lange niemand dem betreffenden Gebüsch zu nahe kam, passierte ihm nichts.

Das betreffende Gebüsch wurde zur Hauptattraktion der Gartenschau, um das sich die Besucher in gehörigem Abstand neugierig bis tief in die Nacht drängten.

Und wenn die Murmeltiere nicht gestorben sind, dann spielen sie noch heute mit Murmeln.

Der Gartenschau-Mörder

Wie von einem eisigen Wind getroffen, erbebte sie am ganzen Körper. Ein Schauer ging vom Kopf bis in die Zehen. Ihrer Freundin fiel es auf und sie fragte besorgt: „Was ist los? Du zitterst ja so arg wie noch nie?"

„Still", antwortete diese. „Drehe vorsichtig den Kopf nach links, dann weißt Du was los ist."

Die Freundin schaute ganz vorsichtig in die angegebene Richtung und ihr entfuhr ein entsetztes: „Oh, mein Gott! Es ist der Gartenschau-Mörder! Wir haben keine Chance unser Leben zu retten!"

Mit hämischem Grinsen schaute sich der Gartenschau-Mörder um. Nirgends Wächter in Sicht. Blitzschnell zog er sein Messer und schnitt ihnen den Hals durch. Den Hals der beiden Blumen, die eben noch miteinander gesprochen hatten. Die eine von ihnen steckte er sich ins Knopfloch seiner Jacke, die andere schenkte er seiner Verlobten, die auf diese Art schon viele Blumengeschenke erhielt.

Am Strand

Der Norweger Tör-Icht hatte sich mit seiner jungen Freundin am Strand verabredet. In ein paar Jahren könnte man diese wohl einen „steilen Zahn" nennen, jetzt nur „steile Zahnspange".

Noch nie trafen sie sich an diesem wunderschönen Strand. Voller Neugier erschien er zu früh zu ihrem Date. Standen wie an der Ostsee überall Strandkörbe herum? Spülten die Wellen Muscheln, Seesterne und Seepferdchen an Land? Er trat ans Ufer und sah das schöne, klare Wasser, die bezaubernde Landschaft um ihn her. Der Besuch hier lohnte sich, auch ohne die erhofften Ostseeattribute. Der künstlich aufgeschüttete Sand am Fluss lockte zum sich hinlegen und entspannen, bevor das wunderbare Gartenschaugelände anschließend zum Bummeln einlud.

Seine kleine, quirlige Freundin hieß Carmensitta und kam kurz nach ihm an. Dieser kesse Backfisch, falls heute noch jemand diesen Ausdruck versteht, eilte gleich begeistert auf ihn zu: „Lass uns erst im Wasser plantschen und dann Wellenreiten!"

„Gibt es hier keine Haie?", wollte Tör-Icht wissen. „Dummerjahn", antwortete sie naseweis. „Die gibt es nur im Meer oder in Köln."

„Wieso in Köln?" erkundigte sich Tör-Icht überrascht.

„Noch nie von den Kölner Haien gehört?", fragte Carmensitta schnippisch lachend, und sprang mit Anlauf in die Fluten.

Mit einem lauten platschen folgte er sofort ihren braunen Schweißfüßen.

Undeutlich glaubte sie am Ufer Pinguine zu sehen, doch die hielten sich doch in Krefeld auf? Oder waren es gar Wölfe? Aber die lebten doch in Wolfsburg?

Während Carmensitta mit Tör-Icht im klaren Wasser schwamm, irritierte sie irgendwas. Irgendeine unbedeutende Kleinigkeit machte das Mädchen stutzig. Zumal alle Strandbesucher zu ihnen herüber zeigten und lachten. Was amüsierte diese bloß so? Carmensitta schaute an sich herunter. Alles OK, sie trug schließlich passenderweise den Badeanzug, in dem sie herkam. Daran lag es also nicht. Da erstarrte sie: Tör-Icht badete in Jeans, Turnschuhen und Pullover. Wie immer war er ihr ohne nachzudenken gefolgt. So eben bemerkte er es selber rotwerdend. Carmensitta wartete gespannt, wie er sich aus der Affäre ziehen würde.

Als sie am Strand an den Leuten vorbei liefen sagte er betont cool: „Weißt Du, hier gibt es so viele Krebse. Darum habe ich die Schuhe angelassen. Und Jeans und Pullover muss ich sowieso anlassen, weil das Wasser die Sonne so anzieht und ich leicht Sonnenbrand bekomme."

Übertrumpft?

Die Stadt Quellburg hielt sich für den Nabel der Welt. Darum musste bei ihnen natürlich alles größer und besser sein, als anderswo. Doch an der Gartenschau schienen sie sich die Zähne ausbeißen zu müssen. Mehrfach besichtigten sie die Gartenschauen an Rems und Neckar, veranstalteten viele Sondersitzungen im Quellburger Rathaus, doch nichts fiel ihnen ein. Alles was sie in Heilbronn und dann an der Rems sahen, war perfekt. So perfekt geplant und durchgeführt, dass es nicht zu übertrumpfen ging. So allmählich begann sich Verzweiflung breitzumachen. Wie die Blumenbeete in Heilbronn übertreffen? Mit was die Remsterrassen, Kuben, Remsinseln, Remsstrand überflügeln? Nichts, aber auch gar nichts konnte besser gemacht werden.

Da sagte ein Buchantiquar, selbst ein Örtchen wie Quellburg besaß einen: „Wir haben das falsch angepackt. Im Sommer können wir die Konkurrenz nicht ausstechen. Aber in einer anderen Jahreszeit!" Verblüfft hörten sich die Stadtoberen die raffinierten Pläne des Buchantiquars an, um sie anschließend unter großen Jubel zu feiern. Für seine überragende, geniale Idee erhielt der Antiquar im Gegensatz zu vielen seiner Kollegen eine große Ehrung der Stadt. Und als im Sommer 2019 die anderen Gartenschauen endeten, stieg die einzigartige, konkurrenzlose „Winterschau" in Quellburg. Und von nah und fern kamen die Touristen, um die Attraktionen zu sehen: Eisblumen, Schneesterne, sowie besonders bizarre Eiszapfen. Zum Trinken gab es biologischen Schneetee für die Gäste und zum Essen frisch aus dem Fluss gehauenes, veganes Ökoeis zum Schlotzen.

Der Eiskaffee machte seinem Namen alle Ehre! Im Kaffee schwammen wie Eisberge im Nordpool große Eisstücke.

Wieder einmal hatte es Quellburg allen gezeigt. Dachten sie. Doch was es im Sommer 2019 an Gartenschauen gab, wird wohl nie übertroffen werden. Hip, hip, Hurra!

Alltag auf der Gartenschau

Wie allgemein bekannt ist, gilt das jetzige Gartenschaugelände als Schatzversteck von vielen Piraten. Von Blake bis Störtdenbäcker wird vermutet, dass sie ihre Schätze hier versteckten. Deswegen musste bei den Bauarbeiten für die Remsterrassen oder dem Anlegen neuer Gehwege auf der Talaue besonders aufgepasst werden.

Beim Versuch, von Schatzsuchern auf die beiden kleinen Inseln bei den Remsterrassen überzusetzen, sind schon viele in den reißenden Fluten der Rems ertrunken.

Neulich gab es unter den Gartenschaubesuchern große Aufregung. In der tosenden Rems, mit ihren vielen gefährlichen Strudeln, schwamm ein rosa Boot! Wie konnte nur jemand so ein großes Boot in dieser Farbe anmalen? Was für eine Idee! Wie Teilnehmer des jährlichen Ruderwettbewerbes Oxford-Cambridge zu ihrem Entsetzen feststellen mussten, war es leider kein rosa Schiff. Was sich da auf sie rasend zu bewegte, hieß Movvy Pinkle, der König der Punker Wale. Entsetzt konnten die Ruderer gerade noch auf eines der vielen Polarmeerfahrerschiffe fliehen, die von hier aus zu ihren Entdeckungsfahrten starteten.

Ein Bergungsschiff hatte gerade eben das Wrack eines bekannten Luxusliners geborgen und die Arbeiter ließen es vor Schreck wieder in die tiefen Fluten der Rems fallen.

Zum Glück hatte Movvy Pinkle schon gegessen und schwamm eilig an ihnen vorbei, um sich bei der Rundsporthalle ein Päuschen zu gönnen und die vielen Gartenschaubesucher zu betrachten. So ging also alles seinen gewohnten, täglichen Gang, zur Zufriedenheit aller.

Wenn Sie auf ihren vielen Spaziergängen über das Gartenschau-
gelände Männern mit Schaufeln begegnen, können es Gärtner,
Schatzsucher oder die sieben Zwerge sein, auf dem Weg zu ihrem
Bergwerk am Rotenberg.

Lieber diese Zwerge nicht ansprechen, sonst werden sie von
diesen zu einem Apfelessen eingeladen, was ja bekanntlich an
märchenhaften Orten nicht ungefährlich ist.

Lesung

An einem schönen Gewässer trafen sich seit langem viele Menschen, um dort gemütlich zu relaxen.

Eines Tages ging ich mit einer Autorin hin, um dort eine Lesung zu veranstalten. Plötzlich zeigte sie aufgeregt hinter mich und rief ganz schockiert: „Da! Da! Schau mal!"

Ich fuhr sie streng an: „Mit nacktem Finger zeigt man nicht auf angezogene Leute! Das solltest Du schon als Kind gelernt haben!"

Die Autorin antwortete mit großen Augen: „Aber ich zeige gar nicht mit nacktem Finger auf angezogene Leute! Wir sind hier offensichtlich beim FKK gelandet!"

Entsetzt drehte ich mich um. Sie zeigte tatsächlich mit nacktem Finger auf nackte Menschen. Eine FKK-Lesung? Was war hier die passende Kleidung für einen Auftritt? Adams- und Evakostüm? Gab es Bücher in Körpergröße, hinter denen wir uns beim Lesen verstecken konnten? Leider nein. UFF!

Konzerte?

Viele Besucher bewunderten die künstlichen Inseln, die im Fluss aufgeschüttet wurden. Lange rätselten sie darüber, zu welchem Zweck diese dienten.

Sollten dort wie am Bodensee Konzerte umringt vom Wasser stattfinden? Oder waren sie eine Art St. Helena? Um dorthin missliebige Leute zu verbannen? Noch hat niemand den Zweck der Inseln herausgefunden. Es bleibt spannend.

Der Kronschatz

Seit Achim von Arnims Tagen ist es allgemein bekannt: Der Waiblinger Hochwachturm ist so etwas wie der Tower in London. Hier wird streng von den Wächtern bewacht, Ralf Neubohns Dichterkrone aufbewahrt, auf die es schon der Räuber Motzenklotz, sowie der Schinderhannes abgesehen hatten. Als eines Tages Inspektor Gousgous und ein Gendarm von St. Trompets nicht acht gaben, konnte das Unfassbare geschehen. Ein indischer Fakir drang mit seinem fliegenden Teppich in die Kronkammer ein und flog in Minutenschnelle wieder hinaus. Zweifellos wäre er entkommen, wenn bildlich gesprochen sein Wagen keinen Platten gehabt hätte. Der Teppich zog nämlich Fransen. Während er so in der Luft auf der Stelle schwebte und vor dem Hochwachturm seinen Teppich flickte, entdeckten ihn die Menschenmassen und riefen: „Gib dem Dichter, was dem Dichter gebührt!" Vor Rührung über diese Hingabe des Volkes gab der Inder Neubohns Dichterkrone zurück, eröffnete in Waiblingen das erste indische Lokal. Und wenn er nicht gestorben ist, dann kocht er noch heute. Auf seinen Einfluss hin, entstanden auch die ersten Teppichhäuser in der Region, auch wenn deren Teppiche zum Kummer der Kunden nicht fliegen konnten. Dafür gab es mit der Zeit immer mehr fliegende Händler, auf welche viele Bürger hereinflogen.

Guter Start ins Leben

Heutzutage brauchen Kinder:

- Designerkleidung
- Teuere Uhren
- Internet
- Computer
- Partys
- Handys

- Lebensweisheiten?
- Gute Bücher?
- Vorbilder?
- Innere Werte?
- Bildung?
- Wozu?

Sensation

Als ich mich eines Tages nach einer Lesung bei den Kuben auf den Heimweg machte, erfüllte mich noch lange danach eine große Zufriedenheit. Nichts, aber auch gar nichts ist so schön, wie auf der wunderbaren Gartenschau zu lesen. Plötzlich riss mich ein außergewöhnlicher Anblick aus den Gedanken. Ein ungeheuer großer Fluss mündete in die Rems. So breit, wie der Amazonas. Ob es darin auch Kaimane gab? Oder gar Piranhas? Welcher gewaltige Strom mündete überhaupt hier in die Rems? Der Neckar? Aber der war doch nicht so ein gewaltiger, reißender Strom? Rätselhaft. Noch nie hörte ich von diesem beeindruckenden Naturereignis. Daheim schlug ich in mehreren Waiblinger Büchern über dieses Wunder nach, auf der Suche nach dieser gigantischen Überraschung. Dann fand ich endlich die Wahrheit. Nicht zu glauben. Die völlig verblüffende Antwort lautete: Kätzenbach! War der echt so groß? Hatte ich zu lange in der heißen Sonne vorgelesen? Die Leser dieses Buches können bei ihrem nächsten Besuch der Gartenschau selbst nachprüfen, welche der beiden Lösungsmöglichkeiten die Richtige ist.

Mooropfer?

Herr Richard T. Odschläger legte den Gruselroman zur Seite. „Wirklich", dachte er. „Wer glaubt schon an Sumpfgeister, Moorhexen und an das Wiedererwachen von rituell ermordeten Mooropfern?" Ein kühler Wind blies darauf durch den heiligen Hain. Heiliger Hain? Ich wollte sagen, durch die Kunstlichtung auf der Gartenschau. Er versuchte seine Nerven durch das Lesen von „Neubohns Krimihäppchen" zu beruhigen, aber die aufregenden Morde darin bewirkten das Gegenteil. Herr T. Odschläger las so gebannt, dass ihm die einbrechende Dunkelheit nicht rechtzeitig auffiel. Als er Neubohns Buch beiseite legte, verspürte er einen kalten Schauer auf dem Rücken. Das sichere Zeichen von Unheil. Aber hier waren doch wohl keine Mörder aus Neubohns Krimis unterwegs? Vielleicht doch? Aber noch mehr beunruhigte ihn das Gruselbuch von vorher. Ist die Talaue nicht früher sumpfiges Gebiet gewesen? Könnte es hier nicht doch Mooropfer, Sumpfgeister und Moorhexen geben? Fanden nicht die Ritualmorde in heiligen Hainen statt? Spähten nicht zwischen Bäumen mordlustige Augen nach ihm? Auf dem Gehweg erklang höhnisches Lachen. Kicherten nicht so Hexen? Vorsichtig blickte das nervöse Nervenbündel zu den beiden Gestalten, die in seine Richtung liefen. Sie trugen Besen! Also doch Hexen! Da blieb nur die Flucht! Von Panik gehetzt floh der Held dieser Geschichte weg von diesem ehemaligen Auengebiet. Rannte wie von Furien gehetzt Richtung Sicherheit. Überall begann es unter Bäumen zu rascheln, mordlustige Augen schienen nach ihm zu schauen. Baumzweige griffen nach ihm!

Wie durch ein Wunder entkam Herr T. Odschläger. Tage später fiel ihm Neubohns Buch: „Flammenfeder live von der Gartenschau" in die Hände und die mythologischen Stellen darin bestätigten ihn in der Ansicht, dass Moorhexen auf der Talaue ihr Unwesen trieben.

Überall erzählte er von seinen Schrecken. Eines Tages kam diese Erzählung auch zwei Straßenfegerinnen zur Kenntnis, die kichernd meinten: „Wir haben dort Nachts nie Hexen gesehen. Wir sahen aber oft Pärchen, die wohl anderes als Hexerei im Kopf hatten. Einmal sahen wir auch einen Verrückten, der in tiefer Nacht wild schreiend durch das Gelände rannte."

Rätselhafte Wunder

Bei vielen Gartenschauen wunderten sich die Besucher, warum jedes Mal früh morgens die Gehwege völlig unter Wasser standen. Wo kam nachts nur das viele Wasser her? Nächtliche Regengüsse kamen als Erklärung nicht in Frage, da die Blumenbeete und Wiesen keinerlei Feuchtigkeit aufwiesen. Aus diesem Grund schied auch die Möglichkeit aus, dass die Gärtner zuviel Wasser zum Blumen gießen verwendeten.

Dieses Rätsel beschäftigte schon viele Menschen. Doch als Autor von acht Gartenschaubüchern bin ich sozusagen Experte und dem Wunder auf die Spur gekommen. Um diese Lösung praktisch zu testen, schlich ich mich mit einer Infrarotkamera auf ein Gartenschaugelände, versteckte mich abends auf einem Baum und wartete gespannt. Die Zeit verging, nichts passierte. Hatte ich mich trotz meiner großen Erfahrung getäuscht? Die Temperatur sank, ich fror furchtbar. Sollte ich geschlagen heimgehen, bevor ich mich erkältete? Nein, für meine Gartenschau-Trilogie musste ich Fakten über diese seltsame Angelegenheit sammeln. Da! Der Fluss warf immer mehr sich verstärkende Wellen! Höher und höher schlugen sie. Zum Schluss bis hoch zum Gehweg. Aus den Wellen entstiegen Wassermänner und Nixen, welche dann über die überfluteten Gehwege staunend und bewundernd an den Blumenbeeten vorbeiflanierten. Nach einer Weile stiegen sie zufrieden seufzend in die Wellen und zogen sich mit dem Wasser zurück. Nichts kündigte mehr von ihrem Besuch, als nasse Gehwege. Sollten Besucher im Jahre 2019 oder 2020 bei einer Gartenschau auf feuchte Gehwege stoßen, so hat sich vielleicht dieser geheimnisvolle Besuch wiederholt. Denn es könnte ja sein, dass auch in anderen Seen oder Flüssen geheimnisvolle Blumenliebhaber leben.

Freude

Für mich sind Gartenschauen immer eine große Freude, eine Überraschung, auf die ich mich schon lange vorher freuen kann. So, wie in der Kindheit auf Weihnachten. Und sind dann z.B. die schönen Gartenschauen 2019 vorbei, kommen schon bald die vielversprechenden Gartenschauen von Überlingen und Ingolstadt. Während ich also genussvoll durch die aktuellen Gartenschauen schlendere, kann ich mich schon vorab auf die folgenden freuen.

Und es ist auch spannend: Lahr und Würzburg haben 2018 Maßstäbe gesetzt. Können 2019 die Gartenschauen mithalten? Was werden sie gleich oder anders machen? Wie werden 2020 die Veranstalter ihr Konzept angehen? Ähnlich wie 2018 oder wie 2019? Oder ganz anders? Es bleibt spannend!

Gartenschau Trilogie

Nach dem Buch ist vor dem Buch, wie es für Autoren wie mich passenderweise heißt. Meist beginne ich nach der Beendigung eines Buches sofort ein neues zu schreiben. Manchmal einfach ein unterhaltsames Buch, gelegentlich aber auch ein Buch, dessen Thema mir sehr wichtig ist. So, wie die Bücher der Gartenschau Trilogie. Denn ich finde es sehr beeindruckend, dass sich an der Rems 16 Städte und Gemeinden für ein gemeinsames Projekt entschieden haben. Ein sehr wichtiges, großes Ereignis.

Aber auch die Gartenschau in Heilbronn versprach schon im Vorbereitungsstadium Außerordentliches. Eine unvergleichliche Blütenpracht in stilvollem Ambiente. Diese beiden Gartenschauen wollte ich unterstützen, für sie werben. Aber wie? Ein reines Fachbuch über diese beiden Gartenschauen? Ein Bildband? Nein, ich entschied mich bedauernd dagegen. Zweifellos gab es in den zahlreichen Medien schon viele Berichte darüber und wahrscheinlich arbeitete auch bereits jemand anderes an derartig wichtigen Büchern. Aber was blieb mir dann? Wie konnte sonst für die Gartenschauen geworben werden? Wie sollten die Bürger neugierig auf diese Veranstaltungen gemacht werden? Wie ihr Interesse geweckt? Lange überlegte ich. Es lag mir sehr am Herzen, diese beiden außerordentlichen Veranstaltungen indirekt zu unterstützen. Da kam mir die Erleuchtung: Mit unterhaltsamen, heiteren Texten, in denen einiges von den Höhepunkten der Gartenschauen vorkam. Etwa die Kuben, die Remsterrassen usw. Die heiteren Texte sollten die Leser zu den Gartenschauen locken, um sich selber ein Bild der erwähnten baulichen Höhepunkte zu machen. Und es funktionierte. Schon viele Leute sagten mir im Vorfeld der Gartenschauen: „Als ich Ihre beschwingten Texte las, wurde ich sehr neugierig und wollte das Gartenschaugelände unbedingt mit eigenen Augen sehen. Mich davon überzeugen, ob die Anlagen dort wirklich so schön sind."

Und mehr wollte ich mit den vielen Büchern zu den Gartenschauen nicht erreichen. Die verschiedenen Textarten: Krimi, heitere Kurzgeschichten, Fantasy wählte ich deshalb, weil ja jeden Leser was anderes anspricht.

So viele Bücher zu schreiben war wirklich sehr harte, zeitraubende Arbeit. Doch jeder einzelne zusätzliche Besucher, den es zu den Gartenschauen bringt, hat diesen Arbeitseinsatz gerechtfertigt.

Große Anerkennung

Die Gartenschau 2019 an der Rems hat einen sehr, sehr großen Pluspunkt. Es wurde wert auf Nachhaltigkeit gelegt. Die Baumaßnahmen wie z.B. die Kuben, die Rems-Terrassen, die Kunstlichtung kommen den Bürgern auf lange Sicht zu gute. Noch Jahre nach der Gartenschau können diese Projekte von den Bürgern sinnreich genutzt werden. Diese Nachhaltigkeit ist sehr wichtig, da es den Kulturraum Rems bereichert.

Was ebenfalls sehr gut ist: Die Bauwerke können ganz allgemein genutzt werden oder auch als Hintergrund für spezielle Veranstaltungen. Sie sind also universell nutzbar und somit besonders wertvoll. Den Verantwortlichen daher an dieser Stelle ein sehr großes Lob!

Das Gartenschauwunder

Hans saß auf den Remsterrassen und las sein Lieblingsbuch „Neubohns Krimihäppchen" zu Ende. Er las es seit Jahren immer wieder von vorn, weil ihn diese Mischung aus Kurzkrimis und Humor sehr ansprach.

Nun griff er zu Neubohns originellem Werk „Im Tal der Autoren", um es ebenfalls in Ruhe zu genießen. Die Sonne schien, vor ihm floss die Rems plätschernd vorbei, was konnte es Schöneres geben? Völlig entspannt blickte er auf die beiden Remsinseln zu seinen Füssen und schlug das Buch mit den heiteren Geschichten aus dem Autorenleben voller Vorfreude auf.

Doch dann schoss es ihm durch den Kopf: „Ich bin doch nicht zum Lesen hier, sondern zum Arbeiten!" Bedauernd legte er das Buch zur Seite und stand auf. Nur durch seine hohe, professionelle Arbeitseinstellung gelang ihm der Aufbruch aus dem sonnigen Paradies. Überall schlenderten seine Kunden über das Gartenschaugelände. Hans gefiel am besten der Teil beim See am Hallenbad und jener bei der Kunstlichtung. Dort fanden immer so schöne Lesungen statt. Doch wo auch immer seine Kunden auf ihn warteten, da ging er hin. Vom Bädertörle in Waiblingen bis nach Schorndorf lag sein Arbeitsbereich. Sein ganzer Ehrgeiz lag darin, dort überall gleichmäßig gut zu arbeiten.

Kein Gebiet des schönen Gartenschaugeländes durfte vernachlässigt werden. Denn die Arbeit rief überall dauernd nach ihm. Eine große Verantwortung lag auf Hans. Es gab sehr viel zu erledigen. Die Gartenschau kam gerade im richtigen Augenblick, um in finanziell schwerer Zeit Geld in seine Kassen zu spülen. Dankbar dachte er: „Ein Wunder, diese Gartenschau! Schönes Gelände, wunderbare Blumen, ein Ort zum Genießen. Und um nebenbei gute Geschäfte zu machen! Was will man mehr?"

Zufrieden schlendernd besah er sich entzückt die Landschaft und die Hosentaschen der Besucher. Ein Traum für Taschendiebe wie ihn. Vielleicht treffen sie ihn ja mal an seinem Arbeitsplatz. In diesem Falle wünsche ich Ihnen viel Glück!

Überraschung!

Herr S. Chrecklich spazierte in Weinstadt über das Gartenschaugelände. Ihm gefiel die schön gestaltete Anlage sehr. Vor einem Blumenbeet mit roten Rosen blieb er bewundernd stehen. Wie prachtvoll sie blühten! Neben den Rosen stand einzeln eine sehr große, äußerst merkwürdige Pflanze. Er konnte sie keiner ihm bekannten Art zuordnen. Diese Pflanze lenkte ihn so ab, dass er das Herannahen eines offensichtlich tollwütigen Hundes erst zu spät bemerkte. Es blieb ihm keine Zeit zu fliehen, keine Chance auf Rettung. Herr S. Chrecklich schloss erstarrt vor Schreck die Augen. Ein lautes „Schlurp" ließ ihn auffahren. Die Pflanze hatte sich über den Hund gebeugt und ihn verschlungen! Vermutlich ein Ergebnis des Klimawandels. Früher gab es hier in Weinstadt keine fleischfressenden Pflanzen. Da kam ihm eine geniale Idee! Auf diese Art könnte er seinen nervigen Schwager loswerden! Diesen ohne Spuren beseitigen! Der perfekte Mord! Einfach genial! Bereits zwei Tage später schlenderten sie beide gemeinsam über die Gartenschau. Als niemand in Sicht war, schlug er seinen verhassten Schwager nieder und schleifte den Betäubten zur fleischfressenden Pflanze. Diese würde mit einem lauten „Schlurp" alle Spuren seiner Tat wie geplant beseitigen. Tat sie auch. Nur schluckte sie beide zusammen weg. Tja, selbst der beste Plan kann einmal scheitern.

Pech gehabt

Verächtlich verzog Hans das Gesicht. Wieder lief ein Gartenschaubesucher mit hervorstehendem Geldbeutel vor ihm. Ein Kinderspiel sich seiner Börse zu bemächtigen. Egal, ob in Heilbronn, Waiblingen, Schorndorf, Winterbach oder anderswo, sein Geschäft lief weiterhin blendend. In jeder Stadt lechzten scheinbar die Gartenschaubesucher förmlich danach, von ihm erleichtert zu werden. Diese unfreiwilligen Spenden machten es ihm erst möglich, seine teure Freundin bei Laune zu halten. Mit dem Erlös seiner heutigen „Arbeit" konnte ein netter Abend mit ihr finanziert werden. Zuerst der Besuch eines Konzertes, anschließend ein Galadinner.

„Ein Glück, dass diese Idioten sich so leicht bestehlen lassen", dachte Hans voller Herablassung.

Als er abends mit seiner Freundin an der Konzertkasse stand, befiel ihn ein großer Schock: „Ich bin bestohlen worden! In was für einer furchtbaren Welt leben wir denn, dass man einfach so bestohlen werden kann!" Hans bedauerte sich ausführlich selber, während seine Freundin überlegte, ob sie sich weiterhin mit so einem unfähigen Schussel abgeben sollte, der sich beklauen ließ.

Reizende Reise

Richard R. Riesling befand sich gern auf deutschen Gewässern. Ob Bodensee, Mosel, Rhein, überall gefiel es ihm ausnehmend gut. Leider mochten ihn seine Mitpassagiere umso weniger. Es muss leider gesagt werden: Herr Riesling trank meist härtere Sachen als Riesling und wurde dann extrem unleidlich. Häufig sogar gewalttätig.

Bei seiner neuesten Kreuzfahrt fuhr er auf dem Neckar an der Gartenschaustadt vorbei, als es zu einem schwerwiegenden Zwischenfall kam.

Seit 20.00 Uhr hielt er sich an seine strenge Whiskydiät und nahm nichts anderes mehr zu sich. Mit jedem weiteren Glas stieg seine Gewaltbereitschaft und er pöbelte immer häufiger seine Mitreisenden übel an.

Gegen Mitternacht schrie Herr Riesling Frau Nemesis an: „Was geht es Sie an, wie viel ich trinke? Und wem ich meine Meinung sage? Was denken Sie eigentlich, wer Sie sind?" Darauf kam drohend die unheilverkündende Antwort: „Wie ich Ihnen schon sagte, ich bin Nemesis!" Da unser Reisender sich nur mit Alkohol auskannte und mit sonst gar nichts, stürzte er sich auf Nemesis, um sie von Bord zu stoßen.

Durch einen Kampfsporttrick seines vermeintlichen Opfers landete der Alkoholiker stattdessen selber im Neckar. Der Kapitän hörte das Aufklatschen im Wasser und rief: „Mann über Bord!", was sofort die verschiedensten Rettungsmaßnahmen einleitete. Doch die Dunkelheit behinderte die Suche so sehr, dass er erst zu spät aus dem Hades, äh, Neckar gefischt wurde.

Der Kapitän sah den Ertrunkenen vor sich auf den Planken liegen und sprach nachdenklich: „Riesling verträgt sich mit zuviel Wasser nicht!" Ein Satz, in dem viel Wahrheit lag. Die Suche nach Nemesis blieb erwartungsgemäß erfolglos, denn die kommt und geht bekanntlich, wie sie will.

Der Banküberfall

Xavers Plan bot sich förmlich von selbst an. Durch die Touristen, die zur Gartenschau wollten, kam in Heilbronn der normalerweise schon starke Feierabendverkehr fast zum Erliegen.

Wer zu dieser Zeit eine Bank überfiel, konnte sich sicher sein, dass die Polizei zu lange brauchen würde, um sich durch den Stau von Pendlern und Touristen durchzukämpfen. Bis sie die Bank erreichte, befand er sich mit seinem Fluchtauto schon wo ganz anders.

Er parkte direkt vor der Bank, stürmte mit gezogener Pistole herein und verlangte das Geld. Alles verlief gut, bis er aus seinen Augenwinkeln eine Bewegung am rechten Rand sah. Wo kam der Mann plötzlich her? Eben lag die Schalterhalle doch noch völlig leer vor ihm!

Hätte Xaver besser recherchiert, wäre ihm bekannt gewesen, dass rechts von den Schließfächern im Keller eine Treppe heraufführt. Und von dort stürmte nun ein Sicherheitsbeamter auf ihn zu. Spontan und eigentlich ungewollt erschoss Xaver ihn und flüchtet tief erschrocken zum Auto. Genauer gesagt zu dem Ort, wo sich bis vor kurzem sein Auto befand, bevor es ein Autodieb stahl. „Nun gut, dann fliehe ich halt zu Fuß", dachte er. Es war das Letzte, was ihm in Freiheit je durch den Kopf ging. Denn bei den oberflächlichen Besichtigungen des Tatorts hatte Xaver es versäumt, sich die Umgebung näher anzuschauen. Gegenüber der Bank lag ein Imbiss, in dem viele Polizisten verkehrten, die nun mit gezogener Waffe vor ihm standen.

Im Fußball wird so etwas Eigentor genannt. Dafür gibt es keinen Applaus, höchstens Buhrufe.

Gartenschaulesung am See

Eines Tages stand mal wieder eine Lesung beim See am Hallenbad an. Nach den üblichen Anfahrtsproblemen kamen wir vom Stau geplagt an unserem Ziel doch noch lebend an, womit wir eigentlich nicht mehr rechneten. Die Spätsommersonne verwandelte das Auto nämlich in eine Brathähnchenrösterei und genauso fühlten wir uns auch.

Vor unserem Auftritt stürmten wir also, so entschlossen, wie wir noch vor uns hinschlurfen konnten, einen Supermarkt und plünderten die Getränkeabteilung.

Mit glucksenden Bäuchen kamen wir bald darauf, vor uns hinrülpsend, am Lesungsort an, skeptisch beäugt vom Veranstalter. Der dachte wohl offensichtlich: „Was habe ich mir da für Leute aufgehalst? Mit denen blamiere ich mich doch!"

Zu seiner großen Erleichterung erschien trotz vorwärts schreitender Zeit kein einziger Lesungsbesucher.

Während der Veranstalter sich so freute, versanken wir in immer mehr Frust.

Ich sagte schließlich: „Wir gehen nochmals was zu trinken holen, dann fahren wir heim. Das hier ist ja eine Geisterstadt!"

Vom Supermarkt zurückgekehrt wollten wir schnell unsere Sachen packen und verschwinden, als mir mein von der Sonne geröstetes Gehirn schier zerspringen wollte! Der Platz quoll förmlich vor Leuten über, die trotz der großen Hitze kamen! Wo kamen die bloß alle her? Vor allem warum eine Stunde nach dem ursprünglichen Lesungsbeginn?

Wir zogen trotz Hitzekopfwehs die Lesung wie immer professionell und zur Zufriedenheit der Besucher durch und fragten dann ratlos den Veranstalter nach dem Grund der Verzögerung.

Der stutzte und sagte dann nach einer weile: „Ich glaube, Ihr habt vergessen, Eure Uhren von Sommerzeit auf Winterzeit umzustellen!" Ach, war das peinlich! Unsere Köpfe brannten nun vor Scham noch mehr, als vorher in dem von der Sonne aufgeheizten Auto!

Computerexpertin Petrulia

Paul saß zufrieden in seinem Kinderzimmer, heute gab's in der Schule endlich mal keine Hausaufgaben. Er konnte also nun die langersehnte Radtour auf dem Gartenschaugelände machen! Er freute sich sehr darauf. Draußen schien die Sonne und rief ihm förmlich zu: „Komm, komm!" Als er gerade zu seinem Drahtesel eilen wollte, stand plötzlich seine nervige Schwester Petrulia in der Tür. Was für ein Schock, denn das bedeutete stets etwas Schlimmes.

Sie sprach: „Paul! Ich muss noch von gestern meine Hausaufgaben nachholen. Da es soviel ist, mache ich sie an Deinem Computer." Paul zuckte tief erschrocken zusammen. Seine chaotische und eingebildete Schwester an seinem geliebten Computer! „Dich kann ich nicht allein an meinen PC lassen. Du hast doch keine Ahnung davon!"

Petrulia erwiderte triumphierend: „Mutter hat es mir erlaubt! Sie meint, dass ich groß genug dazu bin."

Paul biss sich auf die Zunge, um nichts über ahnungslose Mütter im Allgemeinen und vor allem in diesem speziellen Fall zu sagen, und startete gottergeben seinen Computer. Er harrte schicksalsergeben der nun folgenden inneren Leiden, die auch prompt eintraten.

„Paul? Was heißt eigentlich PC? Pauls Computer?"

„Nein", entgegnete er genervt. „Es heißt Petrulias Chaos. So, jetzt gebe ich das Codewort ein."

„Kotwort", zischte Petrulia entsetzt. „Heißt dass, dass der Computer mit Scheiße zu tun hat?"

Paul stöhnte verzweifelt. Mütter und Schwestern konnten einem wirklich das Leben versauern. Von wegen Petrulia ist groß genug! Doch da er noch mit dem Rad wegwollte, ließ er sich auf keine Diskussion ein. „So, jetzt mache ich nur noch schnell einen Quick Scan."

Petrulia starrte ihn schockiert an. „Warum wird ein Schwein geröntgt? Oder wird das Schwein wie die Waren an der Supermarktkasse gescannt? Aber wozu? Was hat das denn jetzt mit uns zu tun?"

„Schwestern gehört das Gehirn gescannt", dachte er erbittert. „Sofern sie denn überhaupt eins haben."

Laut giftete er: „Das hat nichts mit Schweinen zu tun! Es ist eine wichtige Funktion des Virenscanners."

„Ach", seufzte Petrulia erleichtert. „Hat Dein PC Grippe? Sag das doch gleich!"

Paul brummelte ablenkend: „Wir schreiben nachher Deine Hausaufgaben in Times New Roman."

„WAS?" rief Petrulia begeistert. „Meine Hausaufgaben kommen in der Times als neuer Roman? Ich wusste doch, dass meine Aufsätze super sind. Nur meiner dummen Lehrerin ist das noch nicht klar."

Paul litt entsetzlich, wir legen den Mantel des gnädigen Schweigens über die nächste Stunde. So meinte seine Schwester unter anderem: „Tool bar? Das ist toll, denn ich habe gerade Durst."

Als nach vielen inneren Leiden seine Schwester ihn verließ, warf sich der arme Paul völlig erledigt aufs Bett.

Dort fand ihn dann später seine Mutter: „Was machst Du hier noch? Ich dachte, Du wolltest radeln! Dauernd hast Du beim Mittagessen genervt, dass Du heute eine Radtour machen willst. Nutze nun auch wirklich die schöne Sonne aus. Also, mit Euch jungen Leuten ist einfach nichts mehr los! Ihr wisst einfach nicht, was Ihr wollt! Erst nervst Du beim Mittag wegen dem Radeln und dann liegst Du den ganzen Nachmittag nur faul rum!"

EOCXTE – CD Shop

Eines Tages erschien in einem aus Datenschutzgründen nicht näher genannten Geschäft in Waiblingen ein neuer Kunde. Die Ladenbesitzerin bediente ihn zuvorkommen und sagte später beim Abschied: „Ich hoffe, Sie kommen bald wieder."

Der Kunde antwortete galant: „Sicher. Sie sind so kompetent und freundlich wie Herr Neubohn es neulich bei der Lesung auf der Gartenschau erzählte. Er liest ja öfters in verschiedenen Läden unserer schönen Stadt, um dadurch die Innenstadt zu beleben. Eine gute Idee von ihm. Auf wiedersehen Frau Elpinike."

Das Lächeln der Ladeninhaberin erlosch so plötzlich, wie das Lächeln eines Managers, wenn es keine 10 % Boni gab. Sie erwiderte erstaunt: „Elpinike? Ich heiße Röchelbaum."

„Oh", flüsterte der Kunde. „Entschuldigen Sie bitte die Verwechslung. Ich dachte Sie heißen; Eutalia Ottilie Clothilde Xanthippe Tussnelda Elpinike und sind die Inhaberin."

Frau Röchelbaums ohnehin schon große Augen wurden noch größer, wie im Märchen vom Rotkäppchen – damit ich Dich besser sehen kann – und ihr Mund wuchs auch – damit ich Dich besser fressen kann - !

„Ich bin die Inhaberin. Hier gibt es keine Frau Eutalia Ottilie Clothilde Xanthippe Tussnelda Elpinike. Wie kommen Sie denn darauf?"

„Ach", raunte der Mann erstaunt. „Da muss Herr Neubohn was verwechselt haben. Als er mir von ihrem schönen Laden EOCXTE – CD Shop erzählte, fragte ich ihn, was der Name EOCXTE voll ausgeschrieben heißen würde. Und er meinte: Ah, öh, natürlich ist es wie bei den meisten Läden, er ist nach der Inhaberin benannt. Und der Name der Inhaberin lautet hier Eutalia Ottilie Clothilde Xanthippe Tussnelda Elpinike."

Wir wissen leider nicht, was Frau Röchelbaum dachte, als sie dies hörte, aber Herr Neubohn bekam tags darauf gründlich den senilen Kopf gewaschen. Das beweist mal wieder: Die Schwaben sind in Wahrheit gar nicht so geizig! Denn in Schwaben wird oft jemand gratis der Kopf gewaschen und das trotz der teuren Schampoopreise!

Besuch auf der Gartenschau

Claudia, Elke und Sieglinde saßen auf den Remsterrassen und schauten herab in die tobenden Fluten der Rems. Da zur Zeit der Pegel auf Rekordtief lag, schauten aus den mächtigen Fluten zwei kleine Inseln heraus. Was die drei nicht wussten: es waren keine kleinen Inseln. Sondern die verschütteten Vulkankegel der Insel Atlantis, die bis zu einem großen Vulkanausbruch in der Rems lag. Die drei Mädchen lösten sich vom Anblick der vermeintlichen Remsinseln und gingen mit ihren Freunden weiter über das wunderschöne Gartenschaugelände. Bisher verlief alles friedlich. Sonst gerieten sich ihre Freunde im Fußballstadion oder bei politischen Veranstaltungen immer in die Haare. Doch heute würde es sicherlich harmonisch verlaufen, nichts ist besänftigender fürs Gemüt, als Sonne und schöne Blumen. Dachten die drei Mädels, bis es bei einem besonders reizenden Blumenbeet wieder zwischen den drei Jungs krachte: „Du vulgäres Veilchen! Die schönsten Blumen sind die Rosen!" „Quatsch! Du rostige Rose! Nichts geht über zarte Veilchen! Und wenn Du willst, kannst Du von mir gleich zwei blaue Veilchen haben." „He, hört, mal ihr zwei Streit-hähne, am schönsten sind die Tulpen." „Was? Das hätten wir wissen müssen, dass Du eine tumbe Tulpe bist. Du mit Deiner krakeligen Kaktusnase!"

So ging es den ganzen Nachmittag weiter. Die leidgeprüften Mädchen beschlossen deshalb am nächsten Wochenende lieber mit ihren Freunden ins Fußballstadion zu gehen, denn dort dauerte deren Zoff untereinander nur 90 Minuten.

Die zarte Versuchung

Lange träumte ich vergeblich von zarten Berührungen meiner Angebeteten. Doch diese nicht näher genannte Person – so fair bin ich! – kam gar nicht auf die Idee, dies in die Tat umzusetzen. – so grausam sind Frauen! – Menschen achten ja eher auf die äußeren Werte z.B. Alter, Aussehen, Sportlichkeit und weniger auf innere Werte. Mit den äußeren Werten sah es bei mir ja bekanntlich ziemlich schlecht aus. Bei Alter und Aussehen gab es schon lange nichts mehr zu retten, ich konnte also nur mit Sportlichkeit punkten. Aber da lief eigentlich auch schon ewig nichts mehr. Dennoch: Liebesnot macht erfinderisch. Ich kaufte mir Inline-Skater, probte wochenlang im Gartenschaugelände vor kichernden Kids damit und rief eines Tages entschlossen: „Jetzt geht's los!" Mein Plan sah folgendes vor: Die Bahnhofsstraße runterdüsen, ein eleganter Rechtsschwenker, mit einem galanten Sprung über die Türstufe schwungvoll in die Arme meiner Herzensdame. Der Plan begann auch in der Praxis sehr gut: Ich düste in einem Affenzahn die Bahnhofsstraße runter, so viel zum gelungenen Teil. Jetzt kamen die Probleme: Beim Proben in der ebenen Talaue entwickelte ich nicht so ein Irrsinnstempo. „Mist! Wo sind bloß die Bremsen?", dachte ich, als mir kurz vor dem Laden meiner Herzallerliebsten ein sehr kräftiger Mann mit seinem Schäferhund entgegen kam. Nichts zu machen! Ich raste auf sie zu und schaffte gerade noch kurz vor ihnen den Rechtsschwenker in den Laden … Nun, nicht ganz kurz vor ihnen. Ihrem Aufquieken nach, mussten sie wohl leicht touchiert sein. „Stellte Euch nicht so an!", kam es mir aus dem vorlauten Mund, während die Treppe zur Ladentür näher rückte. Kurz vor ihr hob ich zum eleganten Sprung an und segelte mit vollem Tempo in den Laden. Dachte ich. Doch davor befand sich die leider ausnahmsweise geschlossene Ladentür. Als mir viel später die Sinne wieder kamen, musste jemand mich von der

Ladentür gekratzt haben, denn auf meinen Bauch lag eine zärtliche Frauenhand. „Ah!", schoss es mir durch den lädierten Kopf: „Sie verwöhnt mich. Zwar aus Mitleid, aber das kann ja der erste Schritt sein." Leider stellte es sich heraus, dass es nicht meine Herzallerliebste war, sondern die Notärztin die mir gerade operativ den festgebissenen Schäferhund und seinen ebenfalls festgebissenen Herrn entfernte. Merke: Nicht jede zarte Frauenhand verspricht erotische Abenteuer. Merke auch: Sport ist Mord. „Na, wenigstens wird mein Schatz durch meine Tollkühnheit beeindruckt sein", tröstete ich mich selber. Viel später erfuhr ich meinen Irrtum. Sie hatte an diesem Tag frei und ihre Kollegin arbeitete für sie an diesem Tag. Nicht mal diese konnte ich mit meinem Hechtsprung beeindrucken, da sie gerade zu diesem Zeitpunkt ihre starke Brille nicht an hatte. Nun, was soll's. In 20 oder 30 Jahren werde ich herzhaft darüber lachen. Ha, ha, ha.

Herrscher der Welt

Der König kam aus den labyrinthartigen Gängen seines Palastes, stolzierte bis an den Rand seines Berges und schaute tief ins Tal herab. „Das ist mein Land, mein Volk, soweit das Auge reicht", dachte er selbstzufrieden. „Mein Reich ist das mächtigste der Welt. Nichts kann es erschüttern. Alle verehren mich, denn ich bin gottgleich." Friedlich lag das tiefe Tal vor ihm, als er plötzlich ein Geräusch hinter sich hörte.

Etwas Großes kam auf ihn zugeflogen! Etwas Riesiges! Mit ungeheurer Eile konnte er gerade noch rechtzeitig in die unterirdischen Gänge seines Palastes fliehen, bevor unachtsame, menschliche Fußgänger bei der Gartenschau auf seinen Maulwurfshügel traten und diesen plattdrückten. Vor Schreck über die großen Menschen blieb der Maulwurf sein restliches Leben unter der Erde und wurde dadurch mit der Zeit blind. Dies nahm er mit Gelassenheit hin und sagte nun: „Ich bin der kretische Stier in seinem Labyrinth. Alle Welt verehrt mich und bringt bald die mir zustehenden Opfer!"

Michael Kerawalla

Zauberhafte Führung über die Gartenschau

Heute besuchte ich zum ersten Mal die Rems-Gartenschau in Waiblingen. Ich hatte mich zu einer Führung angemeldet, die bei den Rems-Terrassen beginnen sollte. Dort traf ich auch pünktlich ein. Es befanden sich bereits weitere acht Personen dort, wovon eine ein sehr hübsches junges Mädchen war, das ein kurzes Kleid trug, welches scheinbar aus Blättern gemacht war. Sie war etwas kleiner als die restlichen Personen, sehr zierlich und lief Barfuß. Es war ein sonniger, angenehm warmer Tag, so würde sie sich bestimmt nicht erkälten. Ich fand die Kleidung des Mädchens sehr originell, erinnerte sie mich doch stark an die Elfen aus meinen Kinderbüchern. Es stellte sich heraus, dass sie heute die Führung durch die Gartenschau leiten sollte, was sie auch mit Engagement tat. Freundlich und mit glockenheller Stimme erklärte sie uns alles, beantwortete geduldig unsere Fragen und hatte dabei immer das liebenswerteste Lächeln auf den Lippen, das ich je gesehen hatte. Ich fand sie einfach nur bezaubernd. Auch die anderen Teilnehmer der Führung hatten sie bald in ihr Herz geschlossen und genossen die Führung mit dem zauberhaften Mädchen sehr. Sie führte uns weiter, an der Rems entlang, erläuterte hingebungsvoll und mit großem Fachwissen die uns umgebende Natur, erklärte die Bedeutung der Kuben, welche dort ausgestellt waren, bis wir schließlich auf der Kunstlichtung ankamen. Auch hier erklärte sie uns alles Wissenswerte und machte diesen Ort zu etwas Besonderem. Schließlich kamen wir am Überlaufbecken an, wo die Führung leider bald zu Ende war. Jeder von uns hätte diesem wunderbaren Wesen gerne noch stundenlang weiter gelauscht, doch sie musste bereits zur nächsten Führung. Nach einer herzlichen Verabschiedung und großem Applaus klappte das Mädchen plötzlich auf ihrem Rücken zwei Paar libellenartige Flügel aus, ließ sie immer schneller schlagen und hob dann mit sanftem Summen ab. Ihr Schmunzeln verwandelte sich in ein glockenhelles Lachen, als sie unsere verdutzten Gesichter sah, während sie in Richtung der Rems-Terrassen davonflog. Wir konnten es nicht fassen, sie war tatsächlich eine Elfe!

Die wunderbare Reise

Eine Weihnachtsgeschichte

Es war der Abend des dreiundzwanzigsten Dezembers und Lisa lag, wie schon so viele Male zuvor, im Krankenhaus. Das zehnjährige Mädchen hatte Krebs im Endstadium und war bereits, wie es die Ärzte so schön nannten, austherapiert. Lisa hatte gehofft Weihnachten zu Hause mit ihren Eltern verbringen zu können, doch leider hatte sich ihr Zustand rapide verschlechtert, so dass ein Krankenhausaufenthalt unumgänglich war. Nun lag sie müde und traurig in dem abgedunkelten Zimmer. Das vertraute Summen und Klicken der Apparate, die ihre Lebensfunktionen überwachten, machte sie schläfrig und alsbald fielen ihr die Augen zu. Kurze Zeit später erschien eine Gestalt neben ihrem Bett. Es war ein Junge, etwas älter als sie selbst, der von einem seltsamen Licht umhüllt wurde! Er hatte ein freundliches Gesicht und seine Aura war warm und herzlich.

»Sei gegrüßt kleine Lisa«, sagte der Junge freundlich. »Mein Name ist Dyriell und ich möchte dich auf eine wunderschöne Reise mitnehmen.«

Lisa sah ihn verwundert an. Wo kam dieser Junge nur so plötzlich her? War er etwa ein Engel? »Muss ich denn heute schon sterben?« fragte Lisa unglücklich.

Der Junge lächelte sanftmütig und schüttelte den Kopf. »Nein, dazu ist es noch zu früh. Du sollst mich nur auf einer kurzen, aber angenehmen Reise ein Stück weit begleiten. Dir kann dabei nichts geschehen, denn ich werde gut auf dich aufpassen und dich wohlbehalten zurückbringen. Du wirst staunen, denn es gibt viele interessante Dinge zu entdecken und zu erfahren! Möchtest Du mich begleiten?« fragte der Junge freundlich.

»Warum soll ich ihn nicht begleiten?« dachte Lisa. »Immer noch besser, als hier in diesem langweiligen Zimmer alleine zu liegen.«

Dyriell schien ihre Gedanken zu erraten und streckte lächelnd eine Hand nach ihr aus. Lisa ergriff sie und im nächsten Moment schwebte sie mit dem Jungen aus dem Zimmer in den mit Sternen übersäten Nachthimmel. Kurze darauf erreichten sie einen Wald und Dyriell zeigte ihr all die Lebewesen, die dort lebten, vom winzigen Insekt bis zum majestätischen Hirsch. Er zeigte ihr auch die zahlreichen Pflanzen und erklärte ihr, wie sie entstanden waren, wie sie diesen Lebensraum einst besiedelten und welche Rolle sie in der Natur spielten. Dyriell beschrieb jedes Detail, beantwortete geduldig Lisas Fragen und erläuterte in welchem Zusammenhang all die Lebewesen zueinander standen. Bald schon begriff Lisa, welch ein faszinierender und vielseitiger Ort dieser Wald war. Dann führte Dyriell sie weiter in eine Wüste, zeigte Lisa, dass dieser scheinbar so lebensfeindliche Ort doch die Heimat vieler Lebewesen war! Wieder beschrieb er die einzelnen Bewohner und mit welch beeindruckenden Strategien sie den Mangel an Wasser, die große Hitze am Tag und die eisige Kälte bei Nacht überstanden. Lisa staunte nicht schlecht und bald bewunderte sie die Bewohner dieses kargen Lebensraumes. Weiter ging es ins Hochgebirge, dann in die Sümpfe, in die Tundra, in die Steppe, bis tief in die Regenwälder. Sogar ins Meer tauchten sie hinab! Lisa hatte zuerst Angst, sie würde hier unten ertrinken, doch das Atmen unter Wasser bereitete ihr erstaunlicherweise keine Mühe. Auch hier erklärte Dyriell ihr all die verschiedenen Lebensräume, von den lichtdurchfluteten tropischen Riffen mit ihren zahllosen Bewohnern bis hinab in die dunkle, kalte Tiefsee! Lisa war fasziniert von all dem Leben und wie es zusammen wirkte. Dabei vergaß sie ganz, wie krank sie eigentlich war und wie schlecht sie sich noch kurz zuvor gefühlt hatte. Sie verstand nun immer mehr, wie komplex und trotzdem sensibel dieses faszinierende Netzwerk aus Biotopen war, wie all das Wirken der Lebensräume und ihrer Bewohner ineinander griff und ein faszinierendes Ganzes bildete! So überkam Lisa bald eine tiefe Ehrfurcht vor dem Leben auf ihrer Welt. Gleichzeitig musste sie mit ansehen, wie die Menschen mit ihrem rücksichtslosen Handeln nahezu alle Lebensräume immer mehr in Gefahr brachten, zerstörten und ausbeuteten. Jetzt begriff sie den Sinn dieser Reise! Genau diese Ehrfurcht und diese Erkenntnis wollte Dyriell ihr damit vermitteln. Der Junge erkannte es mit Genugtuung, worauf er Lisa wieder wohlbehalten in ihr Krankenbett zurückbrachte.

»Danke für diese wunderbare Reise!« sprach Lisa. »Leider werde ich mit diesen Erkenntnissen nicht mehr viel anfangen können, denn ich habe nur noch kurze Zeit zu leben.«

Dyriell lächelte geheimnisvoll und seine leuchtende Aura schien noch heller zu strahlen. »Du hast die Bedeutung dieser Reise wohl erkannt und dich damit als würdig erwiesen weiter zu leben. Wenn du morgen erwachst, wirst du gesund sein. Dies ist mein Geschenk zu Weihnachten für dich, kleine Lisa!« Er hielt kurz inne, um seine Worte wirken zu lassen.

Lisa sah ihn zuerst ungläubig an, doch als er zärtlich ihren Kopf streichelte und ihr ein liebevolles Lächeln schenkte, da wusste sie, dass er die Wahrheit sprach. Dies erfüllte sie teils mit Glück, jedoch auch mit Trauer. »Wenn du mich retten kannst, dann kannst du doch auch den anderen kranken Kindern helfen!« meinte sie hoffnungsvoll.

»Weitere meiner Gefährten sind gerade dabei, den todgeweihten Kindern auf dieser Welt zu helfen, und auch ich werde diese Reise heute Nacht noch mit weiteren Kindern machen. Doch nur, wenn sie die den Sinn dieser Reise verstehen und ihre Ehrfurcht vor dem Leben geweckt wird, können wir sie retten. Denn diese Rettung ist mit einer Bitte verbunden, nämlich die Welt vor weiterem Schaden zu bewahren und ihre einstige Schönheit und Vollkommenheit wieder herzustellen. Wohlgemerkt, es ist nur eine Bitte, keine Bedingung! Denn was ihr Menschen nicht seht, ist die Einzigartigkeit eurer Heimat. Dieser Planet ist in sehr weitem Umkreis die einzige Welt, die solch reichhaltiges Leben in großer Zahl trägt. Dies war einst ein Geschenk an euch mit der Bitte es zu bewahren und zu pflegen, doch ihr seid gerade dabei dieses wunderbare Geschenk zu ruinieren. Damit zerstört ihr jedoch auch die einzige Heimat die ihr besitzt. Deshalb unsere Bitte an euch, die eine weitere Chance erhalten um zu leben.

Lisa hielt tief berührt kurz inne. »Ich kann es dir nicht versprechen, doch ich werde mein Möglichstes tun, um deine Bitte zu erfüllen!« sprach sie dann mit rauer Stimme.

Dyriell schenkte ihr nochmals ein verständnisvolles Lächeln. »Sei gesegnet, kleine Lisa!« Sie wurde kurz von einem hellen Licht eingeschlossen. »Nun muss ich gehen, um meine Aufgabe weiter zu erfüllen. Hab ein langes, gutes Leben!« Dann löste sich seine Gestalt einfach auf und Lisa war wieder alleine. Mit einem Gefühl tiefer Glückseligkeit und neuer Hoffnung glitt sie weiter in einen traumlosen Schlaf. Als sie am nächsten Morgen erwachte und sie der Arzt untersuchte, traute er seinen Augen nicht. Lisa war tatsächlich wieder kerngesund! Niemand konnte sich ihre rasche Heilung erklären und alle glaubten an ein Wunder, doch Lisa vergaß nie diese Nacht und was Dyriell sie gelehrt hatte. Sie wusste, dass dieser Engel sie geheilt hatte, und sie würde dieses große Geschenk nutzen, um seine Bitte zu erfüllen. Dadurch wurde auch Lisas Wunsch erfüllt, zu Hause mit ihren Eltern Weihnachten zu feiern. Es wurde ein ganz besonderes Fest, auch für die Eltern, denn schließlich war ihnen ihr Kind wieder gegeben worden!

Nachwort

Liebe Leser,

Sie sind nun an das Ende unseres kleinen Büchleins gekommen. Wir hoffen, Sie gut und abwechslungsreich unterhalten zu haben.

Falls Sie beim Lesen auf den Geschmack gekommen sind und den einen oder anderen Autoren für sich entdeckt haben, so gibt es von diesen viele weitere schöne Bücher bei mir im Laden zu entdecken.

Falls Sie nach dem Lesen dieses Buches noch Fragen, Anregungen, Vorschläge haben, können Sie sich gerne mit mir in Verbindung setzen. Ich bin offen für kreative Ideen. Ralf Neubohn, Antiquariat der Nöck, Zwerchgasse 6, 71332 Waiblingen, Telefon 07151 1336165, E-Mail: antiquariat.noeck@gmx.de

Unter dieser Adresse können Sie sich auch bei mir melden, falls Sie einmal eine Lesung buchen wollen.

Mit freundlichen Grüßen und bis bald?

Ihr Ralf Neubohn

Über den Autor Ralf Neubohn:

Ralf Neubohn hat bereits zahlreiche Bücher geschrieben bzw. herausgegeben und ist einem breiten Publikum durch regelmäßige Lesungen bekannt. Er betreibt ein angesehenes Buchantiquariat und fördert neue Autoren durch Herausgabe von Anthologien und Veranstaltung von Lesungen.

Er hat auch mehrere Literaturpreise gestiftet. Z.B. den „Neuen Literaturpreis Remstal".

Neubohn schreibt Krimis, Lyrik, heitere Romane und Kurzgeschichten.

Sein Kurzkrimiband „Neubohns Krimihäppchen" kommt bei den Lesungen immer besonders gut an. Bei den heiteren Büchern vor allem „Alle Autoren an Bord!" und „Im Tal der Autoren".

Beide Bände haben den Vorteil für die Leser, dass sie mit diesen einen humorvollen Blick hinter die Kulissen des Autorentums werfen können. Und das ist doch ganz interessant und lehrreich.

Lesetipp:

Ralf Neubohn und Michael Kerawalla: „Im Tal der Autoren"

Für dieses Buch schrieb Ralf Neubohn unter anderem folgende Texte:

Der Roman

Sam beendete 3 Jahre Schreibarbeit an seinem neuesten Roman mit einem guten Gefühl. Alle goldenen Regeln seines Verlegers fanden sich in dem Werk wieder. Anspruchsvoll geschrieben, ein kritischer Spiegel der Zeit und sorgfältig recherchiert.
Stolz begab er sich damit zu seinem langjährigen Verleger. Dieser las das Buch mit einem Stirnrunzeln durch und sprach die goldenen Worte: „Um erfolgreich zu sein, darf ein Roman nirgends politisch anecken. Streichen Sie daher bitte alle betreffenden Stellen. Natürlich wollen wir auch niemandes religiöse Gefühle verletzen oder Wirtschaftsbosse auf die Füße treten. Sie verstehen doch, dass diese Teile deshalb raus müssen. Zuviel Sex und Gesellschaftskritik sind auch nicht mehr zeitgemäß, sie fallen ebenfalls weg. Natürlich wollen wir uns bei niemandem anbiedern und langweiligen Mainstream vermarkten, wir passen uns nur etwas der Zeit an." Damit gab er den von 520 Seiten auf 3 Seiten gekürzten Roman in Druck, der ein großer Erfolg wurde.

Zurück zu den Wurzeln

Seneca, Cato und Tolstoi hatten vollkommen recht: Nichts geht über das einfache Landleben. Weg von all dem unnötigen Schnickschnack zurück zum Urtümlichen. Nur von den allernotwendigsten Hilfsmitteln begleitet leben.
Während ich diese Zeilen auf meinen Laptop schreibe, geht draußen die Außenbeleuchtung automatisch an. Vermutlich ist eine Katze durch die Lichtschranke gelaufen. Ein Surren zeigt an, dass die Rollläden mittels Zeitschaltuhr pünktlich heruntergelassen werden. Ich gehe in die Küche aus der Tiefkühltruhe frisches Gemüse für die Mikrowelle holen. Unterwegs blinkt mich im Flur das drohend rote Auge des Anrufbeantworters an. Aus dem Büro höre ich das Fax nach neuem Papier fiepsen und Informationen aus dem Internet plärren.
Bei so viel Stress starte ich mittels Fernbedienung erstmal eine Musik-CD und gönne mir aus der chromglitzernden Expressomaschine ein Anregungsmittel. Zwischenzeitlich ist das Gemüse fertig geworden. Es hat dieses Mal 1 skandalöse Minute länger gedauert! Zeit die alte Mikrowelle gegen eine schnellere auszutauschen! Ich muss wegen eines neuen Navigationsgerätes sowieso in die Stadt.
Im Esszimmer angekommen greife ich zur Gabel, als sowohl das Handy klingelt, als auch das E-Mail Postfach nach mir verlangt. Doch die müssen beide in die Warteschleife, da pünktlich zum Essen im Fernsehen meine Lieblingsserie startet, die ich auf dem extragroßen LCD-Bildschirm sehe.
Mittels Fernbedienung schalte ich die Heizung etwas höher und genieße die Wärme und das Mikrowellengemüse sehr.
Ja, die großen Denker wussten, was sie sagten: NICHTS geht über das urtümliche, einfache Landleben! Zurück zu den Wurzeln!